LA HISTORIA DE UN ÁNGEL

MAX LUCADO

CARIBE-BETANIA
Una división de Thomas Nelson, Inc.
The Spanish Division of Thomas Nelson, Inc.
Since 1798-desde 1798
caribebetania.com

Caribe Betania Editores es un sello de Editorial Caribe, Inc.

Una división de Thomas Nelson Publishers
Nashville, TN, E.U.A.
www.caribebetania.com

Título en inglés: *An Angel's Story*

Publicado por WestBow Press
Una división de Thoman Nelson Publishers

Traductor: Miguel Mesías

Diseño de cubierta: David Carlson Design

Ilustración de portada: Mark Ross

Fotógrafo del autor: Neka Scarbrough-Jenkins

Procesamiento y desarrollo tipográfico:
A&W Publishing Electronic Services, Inc.

ISBN: 978-1-60255-275-3

Impreso en E.U.A.
Printed in U.S.A.

A mis compañeros de oración

«EL VERBO
ERA DIOS...

AQUEL VERBO
FUE HECHO
CARNE

Y HABITÓ
ENTRE NOSOTROS»

[JUAN 1.1-14]

PRÓLOGO

Los seres espirituales pueblan los relatos bíblicos. Ángeles que cantan, demonios que infectan, ejércitos celestiales que luchan, servidores de Satanás que invaden. Ignore los ejércitos de Dios y de Satanás, e ignorará la médula de las Escrituras. Desde que la serpiente tentó a Eva en Edén, lo sabemos: hay más en este mundo que lo que el ojo ve.

~

Sabemos menos de lo que deseamos respecto a estos seres. ¿Su apariencia? ¿Su número? ¿Sus estrategias y planes? Apenas podemos imaginárnoslo.

En este libro hice precisamente eso. Acicateado por un mensaje de David Lambert, traté de imaginarme el conflicto espiritual en torno a la venida de Cristo. Desde luego que hubo mucho más. Si Satanás hubiera podido vaciar de antemano a Cristo en la cuna no habría Cristo en la cruz. ¿No piensa usted que lo intentó?

Yo sí. El conflicto fue, sin duda alguna, mucho más grande y dramático de lo que podemos imaginar como ficción. Pero de lo que podemos estar seguros es de esto: Sabemos quién ganó, porque sabemos que Cristo vino.

Max Lucado

Es mi oración que esta impresión de *La historia de un ángel* le estimule a recordar el gran poder y amor de Dios.

Gracias a Allen Arnold y al equipo de West-Bow por mantener el libro en circulación.

¡Que disfrute de la lectura!

Max Lucado
San Antonio, Texas- 2004

"Gabriel".

El solo sonido de la voz de mi Rey hizo saltar mi corazón. Dejé mi puesto en la entrada y pasé al salón del trono. A mi izquierda estaba el escritorio en donde reposaba el Libro de la Vida. Delante de mí estaba el trono del Dios Todopoderoso. Entré al círculo de Luz incesante, con mis alas dobladas para cubrirme la cara,

~

y me arrodillé delante de ÉL. «¿Sí, mi Señor?»

«Has servido bien al reino. Eres un mensajero noble. Nunca has retrocedido en tus deberes. Nunca has flaqueado en celo».

Incliné la cabeza, disfrutando de las palabras. «Lo que pidas, lo haré mil veces, mi Rey», prometí.

«De eso no tengo duda alguna, querido mensajero», su voz asumió una solemnidad que nunca le había escuchado usar. «Pero tu obra más grande todavía está por delante para ti. Tu próxima tarea es llevar un regalo a la tierra. Observa». Abrí mis ojos para ver un collar, un frasco transparente en una cadena dorada, colgando de su mano extendida.

Mi Padre habló seriamente: «Aunque vacío,

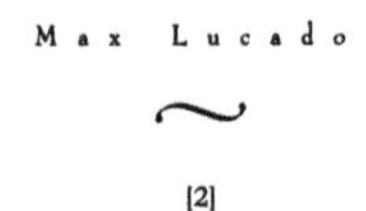

este frasco pronto contendrá mi regalo más grande. Póntelo alrededor del cuello».

Estuve a punto de tomarlo cuando una voz áspera me interrumpió. «¿Y qué tesoro vas a mandar a la tierra esta vez?»

Mi espalda se entesó por el tono irreverente, y mi estómago se revolvió por el repentino hedor. Tal pestilencia podía venir sólo de un ser.

SAQUÉ MI ESPADA Y ME DI VUELTA PARA BATALLAR CON LÚCIFER.

La mano del Padre sobre mi hombro me detuvo.

«No te preocupes, Gabriel. Él no hará ningún daño».

Retrocedí y me quedé contemplando al enemigo de Dios. Estaba completamente cubierto. Una sotana negra colgaba sobre su esqueleto, escondiendo su cuerpo y brazos y encapuchando su cara. Los pies, sobresaliendo debajo de la túnica, mostraban tres dedos y pezuñas. La piel de sus manos era la de una serpiente. Garras se extendían de sus dedos. Estiró su capa más sobre su cara como escudo contra la Luz, pero el resplandor aún le causaba dolor. Buscando alivio se volvió hacia mí. Capté un destello de una calavera dentro de la capucha.

«¿Qué te quedas mirando, Gabriel?», preguntó con desdén.

«¿Te alegras de verme?»

No tenía palabras para este ángel caído. Lo que acababa de ver y lo que recordaba me dejó sin habla. Lo recordé antes de la Rebelión: listo orgullosamente a la vanguardia de nuestras fuerzas, sus alas anchas, sosteniendo una espada radiante, él nos había inspirado a hacer lo mismo. ¿Quién podía rehusarse? La vista de su cabello aterciopelado y ojos negros como el carbón habían sobrepasado la belleza de cualquier ser celestial.

Cualquier ser, por supuesto, excepto nuestro Creador. Nadie comparaba a Lúcifer con Dios ... excepto Lúcifer. Cómo llegó él a pensar que

era digno de la misma adoración como Dios, solo Dios lo sabe. Todo lo que yo sabía era que no había visto a Satanás desde la rebelión. Y lo que ahora veía me repugnaba.

Busqué por algún indicio de su esplendor anterior pero no ví ninguno.

«Tus noticias deben ser urgentes», le esputó Satanás a Dios, todavía incapaz de soportar la Luz.

La respuesta de mi Padre fue una declaración. «El tiempo ha llegado para el segundo regalo».

La figura debajo de la capa rebotó con rigidez mientras Lúcifer se mofaba. «El segundo regalo, ¿eh? Espero que sea mejor que el primero».

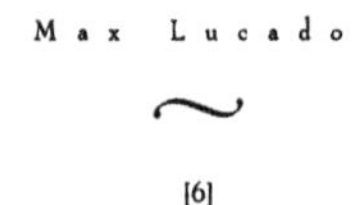

«¿Te desilusionaste del primero?», le preguntó el Padre.

«Ah, todo lo contrario; me deleité en él. Alzando su dedo huesudo deletreó una palabra en el aire:

D-E-C-I-S-I-Ó-N

«Tú permitiste que Adán decidiera», se burló Satanás. «¡Y qué decisión tomó! Me escogió a mí». Desde que la fruta fue arrancada del árbol en el jardín, he tenido cautivos a tus hijos. Cayeron. Rápido. Duro. Son míos. Has fracasado. Ja, ja, ja».

«Hablas con mucha confianza», replicó el Padre, asombrándome con su paciencia.

Lúcifer dio un paso al frente, arrastrando tras sí su túnica. «¡Por supuesto! ¡Yo desbarato todo lo que Tú haces! Tú ablandas los corazones, yo los endurezco. Tú enseñas la verdad, yo la nublo. Tú ofreces gozo, yo lo robo».

Se dio vuelta y desfiló por el salón, fanfarroneando de sus obras. «La traición de José por parte de sus hermanos, yo lo hice. Moisés expulsado al desierto después de matar al egipcio, yo lo hice. David contemplando a Betsabé bañándose; eso fui yo. Debes admitir, mi trabajo ha sido ingenioso».

«¿Ingenioso? Tal vez, pero ¿efectivo? No. Yo sé lo que tú vas a hacer incluso antes de que tú lo hagas. Usé la traición de José para librar a mi pueblo de la escasez. La expulsión de Moisés se convirtió en su preparación en el desierto. Y sí, David en efecto cometió adulterio con Betsabé, pero ¡se arrepintió de su pecado!

Y miles han sido inspirados por su ejemplo y hallado lo que él halló: gracia interminable.

Tus engaños sólo han servido como plataformas para mi misericordia. Tú sigues siendo mi siervo, Satanás. ¿Cuándo aprenderás? Tus intentos débiles para perturbar mi obra sólo dan lugar a mi obra.

TODO ACTO QUE HAS INTENTADO PARA MAL

YO LO HE USADO PARA BIEN».

Satanás empezó a gruñir; un gruñido gutural, ronco, furioso. Suavemente al principio, y luego más fuerte, hasta que el salón se llenó de un estruendo que debe haber hecho estremecer los cimientos del infierno.

Pero el Rey no se molestó. «¿Te sientes mal?»

Lúcifer merodeaba por el salón, resoplando, buscando palabras para decir y una sombra desde donde decirlas. Finalmente halló las palabras pero nunca la sombra. «Muéstrame, ¡ah! Rey de Luz, muéstrame una persona en la tierra que siempre hace el bien y obedece Tu voluntad».

«¿Te atreves a preguntar? Sabes que tiene que haber sólo uno perfecto, uno solo sin pecado que muera por todos los demás».

«Conozco tus planes, y has *¡fallado!* Ningún Mesías saldrá de tu pueblo. No hay nadie sin pecado. ¡Ni uno!» Le dio la espalda al escritorio y empezó a nombrar a los hijos: «Ni Moisés. Ni Abraham. Ni Lot. Ni Rebeca. Ni Elías…»

El Padre se levantó de su trono, con una ola

de Luz santa resplandeciente, tan intensa que Lúcifer fue tambaleándose hacia atrás y cayó.

«ESOS SON
MIS HIJOS
DE QUIENES TE ESTÁS
BURLANDO».

La voz de Dios resonó. «Piensas que sabes mucho, ángel caído, pero sabes tan poco. Tu mente vive en el valle del ego. Tus ojos no ven más allá de tus propias necesidades».

El Rey se dirigió al libro y lo tomó. Lo volvió hacia Lúcifer y le ordenó: «Ven, Engañador, lee el

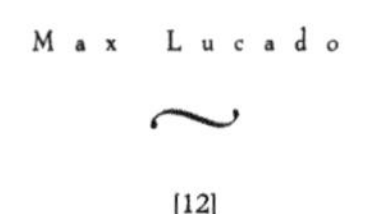

nombre de Uno que te pondrá en evidencia. Lee el nombre del que irrumpirá por tus puertas».

Satanás se levantó lentamente de sus cuclillas. Como lobo desconfiado dio un círculo amplio hacia el escritorio hasta quedarse frente al volumen y leer la palabra:

«¿Emanuel?» - murmuró entre dientes, y luego habló con tono de incredulidad «¿Dios con nosotros?» Por primera vez la cabeza encapuchada se volvió directamente hacia el rostro del Padre. «No. Ni siquiera tú harías eso. Ni siquiera tú irías tan lejos».

«Nunca me has creído, Satanás».

«Pero *¿Emanuel*? ¡El plan es estrafalario! ¡Tú no sabes cómo son las cosas en la tierra! No sabes lo oscura que la he hecho. Está podrida. Es malvada. Es…»

«ES MÍA»,
PROCLAMÓ EL REY.

«Y RECLAMARÉ
LO QUE ES MÍO.
ME HARÉ CARNE.
SENTIRÉ LO QUE
MIS CRIATURAS SIENTEN.
VERÉ
LO QUE ELLOS VEN».

«Pero, ¿qué de su pecado?»

«Llevaré misericordia».

«¿Qué de su muerte?»

«Daré vida».

Satanás se quedó sin habla.

Dios habló: «Amo a mis hijos. El amor no les quita su querida libertad. Pero el amor quita el temor. Y Emanuel dejará detrás una tribu de hijos sin temor. Ellos no te temerán ni a ti ni a tu infierno».

Satanás retrocedió al pensarlo. Su réplica fue infantil. «¡Lo te-te-temerán!»

«Les quitaré su pecado. Quitaré la muerte. Sin pecado y sin muerte, no tienes poder».

Dando vueltas y vueltas en un círculo Satanás andaba apretando y desapretando sus

nerviosos dedos. Cuando finalmente se detuvo, hizo una pregunta que hasta yo mismo estaba pensando. «¿Por qué? ¿Por qué vas a hacer esto?»

La voz del Padre era profunda y suave. «Porque los amo».

Los dos se quedaron frente a frente. Ninguno habló. Los extremos del universo estaban delante de mí. Dios recubierto de Luz, con cada hilo brillando. Satanás encapuchado en el mal, la misma tela de su manto parecía arrastrarse. La paz contrastando con el pánico. La sabiduría confrontando a la insensatez. Uno capaz de rescatar, el otro ansioso por condenar.

He reflexionado mucho en lo que pasó luego. Aunque he revivido el momento incontables

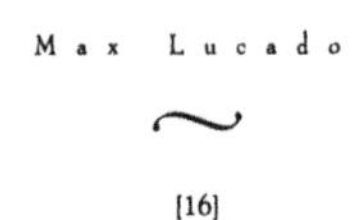

veces, todavía me quedo aturdido como la primera vez. Ni en el más alocado pensamiento podría yo haber pensado que mi Rey haría lo que hizo. Si hubiera exigido que Satanás se fuera ¿quién le habría cuestionado? Si le hubiera quitado la vida a Satanás, ¿quién se habría afligido? Si me hubiera llamado a atacar, yo estaba dispuesto. Pero Dios no hizo nada de eso.

Desde el círculo de Luz salió su mano extendida. Desde su trono vino una invitación honesta. «¿Te vas a rendir? ¿Vas a volver a mí?»

No sé cuáles eran los pensamientos de Satanás. Pero yo creo que por un momento fugaz el corazón malvado se ablandó. La cabeza se inclinó ligeramente, como asombrado de que se

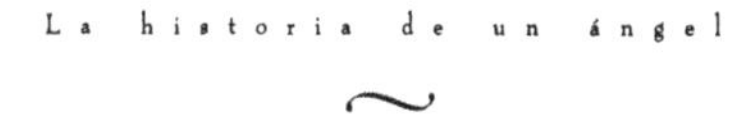

hiciera tal oferta. Pero luego la enderezó de golpe.

«¿A dónde iremos a luchar?» - desafió.

El Padre suspiró por la resistencia del ángel oscuro. «En una colina llamada Calvario».

«Si es que llegas tan lejos». Satanás se sonrió de satisfacción, dando volteretas y saliendo marchando por la entrada. Le vi mientras extendía sus alas huesudas, y remontó vuelo por los cielos.

El Padre se quedó inmóvil por un momento, y luego se volvió al libro. Abriendo el capítulo final, lentamente leyó palabras que yo nunca había oído. Nada de oraciones. Simplemente palabras. Dichas una por una, y luego pausando:

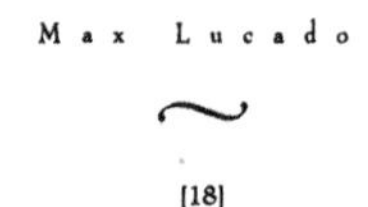

JESÚS,
CLAVO,
CRUZ,
SANGRE,
TUMBA,
VIDA.

Me hizo una seña, y yo respondí, arrodillándome de nuevo ante Él. Entregándome el collar explicó: «Este frasco contendrá la esencia de mí

mismo; una Semilla que debe ser colocada en el vientre de una joven. Se llama María. Vive entre mi pueblo escogido. El fruto de la Simiente es el Hijo de Dios. Llévaselo».

«Pero, ¿cómo la voy a conocer?», pregunté.

«No te preocupes. Lo sabrás».

No pude comprender el plan de Dios, pero mi comprensión no era esencial. Mi obediencia sí lo era. Incliné mi cabeza, y él me puso la cadena alrededor del cuello. Asombrosamente, el frasco ya no estaba vació. Resplandecía con Luz.

«Jesús. Dile que a mi Hijo le ponga por nombre *Jesús*».

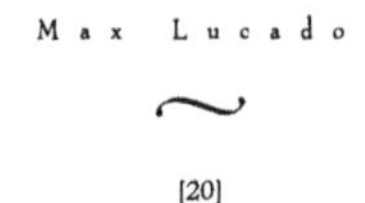

¡Qué emocionante había sido nuestra despedida! El arcángel Miguel nos leyó las palabras del Libro de Valor. Las tropas cantaron al Padre, suplicando que su Espíritu acompañara a nuestro batallón. El Padre se levantó de su trono con un desborde de Luz en cascada y nos dio palabras de fortaleza. A los ángeles instó: «Sean fuertes, mis ministros».

~

A mí me recordó: «Gabriel: Satanás desea destruir la Simiente tanto como tú deseas entregarla. Pero no temas. Yo estoy contigo».

«Hágase tu voluntad», yo resuelto tomé mi lugar a la cabeza de las tropas. Era tiempo de partir. Empecé a entonar el canto de alabanza para dar la señal de partida. Uno por uno los ángeles se unieron a mí en adoración y cantaban. Eché un último vistazo a la Luz. Nos dimos vuelta y nos aventuramos en los cielos.

En la ola de su Luz volamos. En la cresta de nuestros cantos nos remontamos. Paragón estaba a mi derecha. Aego a mi izquierda. Ambos escogidos expresamente por nuestro Padre para guardar el frasco. Siempre capaces. Siempre ágiles. Siempre obedientes.

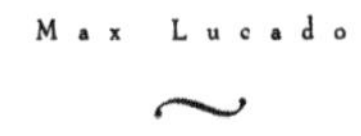

Tan inmenso era nuestro número que no podía ver el fin. Nuestra fuerza no tenía límites. Volábamos como un torrente de estrellas por el universo: Yo a la cabeza, miles de ángeles detrás de mí. Me encantó al echar un vistazo hacia atrás al ver la inundación de alas plateadas que se levantaban y bajaban en ritmo silencioso.

De ellos venía un fluir continuo de alabanza espontánea.

«¡A Dios sea toda gloria!»

«¡Sólo Él es digno!»

«¡Poderoso es el Rey de reyes y Señor de señores!»

«¡La batalla es de Dios!»

Yo había escogido a los ángeles más capaces para que me acompañaran, porque sólo

los más capaces podían hacerle frente al enemigo. Todo ángel había estado dispuesto, pero sólo los guerreros más hábiles habían sido escogidos.

Pasamos la galaxia de Ebon a la constelación de Emmanis. Por el rabillo del ojo capté un destello de Exalón, un planeta anillado una vez por cada hijo hallado fiel al Padre. Por la constelación de Clarión y al círculo estelar de Darío.

Alrededor de mi cuello colgaba el resplandeciente frasco, cuyo misterio se encontraba más allá de mi entendimiento.

Detrás de mí oí la suave voz de Sofio. El Padre le había dotado de sabiduría, y yo le había llevado en muchos viajes. Su tarea es siempre

la misma. «Susúrrame verdad mientras volamos», le dije, y él lo hace. «Lúcifer es el padre de mentiras. No hay verdad... ninguna verdad en él. Él viene para robar, matar y destruir».

Según mi valentía aumentaba, también mi velocidad. Sabíamos que no fallaríamos. Pero no teníamos ni idea de que la batalla se presentaría tan pronto. Sólo momentos después de cruzar la Línea del Tiempo Paragón gritó: «¡Prepárense!»

De repente me vi enredado en una red invisible. Hilera tras hilera de ángeles me cayeron encima. Incluso el flanco final se movía demasiado rápido como para evadir la trampa. De momento, todo era una sola bola de confusión.

ALAS QUE ALETEABAN CONTRA ALAS. ÁNGELES CHOCANDO CONTRA ÁNGELES.

Antes de que pudiéramos sacar nuestras espadas, nuestros atacantes recogieron la red tan apretadamente que no podíamos movernos. Desde la trifulca pude oír que se mofaban de nosotros.

«¿*Ustedes* son los mejores del cielo? ¡Ja!»

«¡Al abismo con ustedes!»

«¡Ahora van a ver al verdadero amo!», se burlaban.

Pero su celebración fue prematura. El Rey me había preparado para esta telaraña del mal. Yo sabía exactamente qué hacer.

«¡SANTO, SANTO, SANTO ES EL SEÑOR DIOS TODOPODEROSO!», grité.

«¡SANTO, SANTO, SANTO ES EL SEÑOR DIOS TODOPODEROSO!» Una y otra vez alabé a mi Amo. Mis ángeles me oyeron y se unieron en la adoración.

Debilitados por las palabras de verdad,

los sabuesos del infierno soltaron las cuerdas, permitiéndonos librarnos.

«¡El Señor ama a los que le alaban!», gritó Sofío triunfante.

Ya libres, blandimos nuestras espadas de Luz, cada una conectándose con la siguiente, formando una perfecta bola brillante. Cegados los demonios se estrellaban unos contra otros y luego peleando salieron al escape. Despaché un pelotón para que los persiguiera. «¡Asegúrense de que no vuelvan!», les instruí.

Estudié nuestros flancos, primero de un lado, y luego del otro. Nada de bajas. El ataque sólo había aumentado nuestra determinación. Empecé a cantar, y emprendimos de nuevo nuestro viaje, bañado en la Luz de nuestras

espadas y en la música de nuestra adoración.

Pasamos el planeta dorado Escolada, lo que significaba nuestra entrada a la galaxia escogida. Todos nosotros conocemos bien estas estrellas. Las frecuentamos en misiones. A pesar de nuestros atesorados recuerdos de estas constelaciones, no nos detuvimos. Nuestra misión era demasiado vital.

«Gabriel». Era Paragón que me llamaba. «Mira, a la distancia».

Nunca había visto un demonio así. Su cabeza como de chacal descansaba en un largo cuello escamoso y cuerpo de dragón. Sus alas extendidas eran tan anchas que podía abarcar a una docena de mis guerreros. Cada uno de

sus cuatro patas parecían ser fuertes lo suficiente como para aplastar a un ángel. «¿Quién es? le pregunté a Paragón y Aego». Fue Sofío quien contestó.

«Es Flumar».

«¿Flumar? ¡No puede ser!» Antes de la rebelión él era nuestro jefe cantor y el más noble guerrero. A menudo había volado a la cabeza de nosotros, flotando en el grácil subir y bajar de sus lustrosas alas. Muchos de los cantos que hoy canto los oí por primera vez de los labios de Flumar. *Ahora mírenlo,* pensé.

¿Qué sucedió a los ojos de plata y su túnica blanca? ¿Qué le sucedió a su semblante de gozo? Al acercarme el repugnante hedor del mal me hizo estremecer. Alisté mi espada,

esperando un ataque. No esperaba una pregunta.

«Amigo mío, ¿cuánto tiempo ha pasado?» La voz era tan cálida, como puede fingir un archidemonio.

«No lo suficiente, hijo del infierno», le grité en su cara al pasar volando. No me confié como para detenerme. No confiaba en mis emociones o mi fuerza. Seguí moviéndome, pero de inmediato él estaba a mi lado.

«Gabriel, tienes que escucharme».

«Tu príncipe es un mentiroso y padre de mentiras».

«Pero mi príncipe ha cambiado», arguyó Flumar.

No reduje mi velocidad. Por el rabillo del

ojo vi a Aego y a Paragón volar con ojos bien abiertos y con sus manos sobre sus espadas, esperando mi orden. Oré que no vieran la preocupación en mis ojos. Si Flumar hubiera retenido un décimo de su fuerza, podría destruir un batallón entero antes de que yo pudiera responder. Él había sido el más poderoso de nuestra clase.

Flumar continuó: «Ha ocurrido un milagro desde que saliste en tu misión. Mi amo fue testigo de la total derrota que les hiciste a nuestras fuerzas. Está perturbado por tu fuerza y su debilidad. Está igualmente perplejo por la oferta de misericordia que vino en el salón del trono. Dice que tú estuviste allí, Gabriel. ¿Lo viste?»

Aunque no respondí, la imagen de la mano extendida de Dios me vino a la mente. Pensé en la cabeza inclinada y recordé mis primeras impresiones. ¿Podría ser que el corazón de Satanás en verdad se había ablandado?

La emoción acompañaba la súplica de Flumar. «Ven, Gabriel. Habla con el príncipe Lúcifer. Suplícale en nombre del Padre. Habla del amor de tu Amo. Él te escuchará. Vamos juntos e ínstale a que se arrepienta».

Flumar aceleró para adelantarse a mí y se detuvo, obligándome a hacer lo mismo. Se irguió hacia mí. Pensé que me había preparado para todo, pero nunca esperé esto. Oré pidiendo dirección.

«Juntos, Gabriel, tú y yo de nuevo juntos», continuó el dragón. «Puede suceder. Podemos unirnos. El corazón de Satanás ha madurado; el mío ya ha cambiado».

Me vino el pensamiento de golpe. De nuevo supe qué hacer. En silencio agradecí a Dios por su dirección.

«Tu corazón ha cambiado, ¿verdad, Flumar?»

Su enorme cabeza asintió. Me volví a Paragón y a Aego. El temor en sus caras dejaba ver su curiosidad.

«Anhelas unirte a nuestras filas, ¿verdad?»

«Sí, Gabriel. Así es. La rebelión fue un error. Ven conmigo. Razonaremos con Lúcifer. Anhelo regresar al cielo. Anhelo volver a mi esplendor anterior».

Para entonces mi plan era claro. «¡Maravillosas noticias, Flumar!»

Percibí la sorpresa en las caras de mis ángeles. «Nuestro Dios es un Dios bueno», anuncié, «lento para la ira y rápido para perdonar. Seguro que él ya ha oído tu confesión». Hice una pausa y me elevé más cerca de su cara, y le miré a los ojos. «Elevemos entonces nuestras voces juntos en alabanza».

El temor cruzó por la cara de Flumar. Sofío, percibiendo mi estrategia, anunció la verdad:

«¡DEBES ADORAR AL SEÑOR TU DIOS!»

«Pero ..., pero ..., pero. No recuerdo ninguna de las palabras».

Dándose cuenta de la verdadera intención de Flumar, mis soldados empezaron a rodearlo. Me acerqué más y hablé firmemente: «De seguro que estás dispuesto a adorar a nuestro Amo. De seguro que no has olvidados los cantos de adoración. ¡Abre tu boca y confiesa el nombre del Señor!»

Flumar miró a derecha e izquierda pero no vio escape. «Únete a nosotros», le reté. «Si tu corazón verdaderamente ha cambiado, adora con nosotros». —Saqué mi espada. «Si no, prepárate para luchar contra nosotros».

Flumar sabía que había quedado al descubierto. Su boca no se abriría, no podía abrirse,

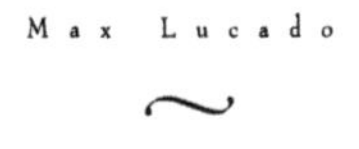

en alabanza al Dios Todopoderoso. Su corazón le pertenecía a Satanás. Inclinó su cuello a un lado, preparándose para barrernos hasta la próxima galaxia. Si hubiéramos tenido sólo *nuestra* fuerza, él lo habría logrado. La fuerza colectiva de nuestras tropas no podría haber resistido su fuerza. Pero teníamos el poder de lo alto. Y revestidos con la fuerza de Dios, caímos sobre el demonio en un segundo.

Antes de que tuviera la oportunidad de atacar, su piel de cuero quedó invadida por espadas de Luz. Se derritió como cera. La poca carne que quedó colgada de sus huesos al instante se hinchó y se infectó. Espumarajos salieron de sus quijadas. Abrió su boca y aullaba de dolor tan solo, como los cielos que lo oyeron.

«Mátame», suplicó, con su voz ahora rasposa. Sabía que cualquier muerte que le diéramos sería de gracia en comparación con el castigo que le esperaba de manos de Lúcifer.

«Los ángeles se mantienen encadenados para el juicio», le recordé. «Sólo el Padre puede matar lo eterno». Con un giro de nuestras espadas lanzamos a este demonio de muerte al abismo. Por un instante sentí lástima de esta criatura. Pero la tristeza fue breve al recordar lo rápido que él había seguido al príncipe y sus falsas promesas.

Alcé mi voz en alabanza tanto por nuestra victoria y mi salvación. No podía dejar de pensar en la profecía que el Padre me dijo: «Tanto como nosotros tratemos de llevar la Simiente, Satanás tratará de destruirla».

Alzando manos hacia el cielo proclamamos su nombre sobre todo nombre mientras volvíamos a emprender nuestro viaje. Pronto llegamos al sistema solar de la tierra. Alcé mi cabeza como señal para que el ejército redujera su marcha. La atmósfera de la tierra nos rodeó, y busqué la diminuta franja de tierra habitada por el pueblo prometido.

¡Qué precioso es este globo para él! pensé. Otros orbe son más grandes. Otros más grandiosos. Pero ninguno tan apropiado para Adán y sus hijos. Y ahora la hora de la liberación estaba cerca. Debajo de mí estaba el pueblito en el que la Escogida de Dios dormía.

«Veo que llegaste a salvo».

Era la voz que temía. Al instante estuvo delante de nosotros. No tuvimos otra alternativa que detenernos.

«Llevas tu viejo uniforme, Lúcifer», le acusé.

Los verdaderos ángeles se quedaron deslumbrados por su aparición. Igual quedé yo.

~

¿Era este el mismo diablo que me había causado náuseas en el salón del trono?

Su susurro rasposo ahora era el de un vibrante barítono. La figura esquelética ahora era robusta e imponente. Junto a su luz, nuestra blancura parecía gris y sucia. Junto a su voz, las nuestras eran nada más que un quejido. Levantamos nuestras espadas, pero centellearon como velas contra el sol.

Mis batallones miraron al diablo confundidos. Antes del envío Miguel había tratado de advertirles, pero ninguna palabra lo prepara a uno para Lúcifer. Sin hablar ni una palabra, él hechizaba. Sin levantar ni un arma, desarma. Sin tocar, seduce. Se ha sabido de ángeles que le han seguido sin resistir.

Pero yo tenía las palabras del Padre en mi corazón. «Él ha sido mentiroso desde el principio».

El diablo me miró con una suave sonrisa. «Gabriel, Gabriel. ¿Cuántas veces he dicho tu nombre? Mis siervos pueden decírtelo. Te he seguido a través de los años. Eres un ángel leal. Y ahora tu lealtad ha sido recompensada. La misión de misiones».

Echó hacia atrás su cabeza y se echó a reír, no una risa maléfica, sino una que parecía divina. *¡Qué bien imita al Rey!*

«No es imitación» dijo como si pudiera leerme la mente. «Es genuina. Me alegro de que hayas pasado nuestra prueba».

Mi cara delató mi perplejidad.

«¿No te lo informó, amigo mío? Qué sabio es nuestro Padre celestial. Cuánta gracia que me conceda el privilegio de decírtelo. Esta ha sido una a para tu lealtad. Tu misión entera era una prueba. El Día de la Aflicción. La rebelión celestial. La caída de los ángeles. Mi visita al salón del trono. La red. Flumar. Todo fue para probarte, para entrenarte. Y ahora, oh Gabriel, el Rey y yo te felicitamos. Has demostrado ser fiel».

Pensé que conocía toda conspiración de Lúcifer, toda obra mala, toda mentira. Pensé que había considerado de antemano cada movida posible. Me equivoqué. Nunca me imaginé esta … Ah, es tan astuto. Hasta sonaba tan sincero.

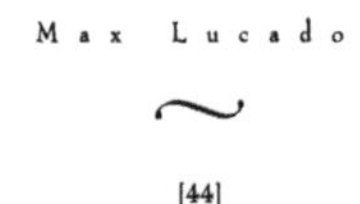

«¿PIENSAS SINCERAMENTE QUE PODÍA REBELARME CONTRA DIOS?», imploró. «¿EL PADRE DE LA VERDAD? ¿POR QUÉ? YO LE AMO».

Su voz grandiosa se ahogó por la emoción. «Él me creó. Me dio libre albedrío. Y todo este tiempo le he adorado de lejos para que tú pudieras ser probado. Ahora, amigo mío, has

pasado la prueba del Padre. ¿Por qué otra razón te iba a permitir presenciar mi visita al cielo? Todo fue un evento planeado: La obra magna de Dios para probar tu dedicación».

Sus palabras me oprimieron el pecho. Mi espada cayó a un lado y mi escudo al otro. Mis pensamientos daban vueltas. *¿Qué es esto que siento? ¿Qué es este poder? Sé que es el mal, y sin embargo estoy debilitándome. Yo, a la vez, quería amarle y matarlo, confiar en él y negarlo.* Me volví para mirar a Aego y Paragón. Ellos también habían bajado sus armas, con sus caras suavizándose al empezar a creer en las palabras que decía el Engañador. Detrás de ellos nuestros ejércitos se tranquilizaban. Una por una las espadas se apagaban. Increíble. Con solo

unas pocas palabras Lúcifer puede arrastrar legiones. *¿Es esto realmente cierto? Parece y suena tanto como el Padre* ... Todos nosotros estábamos empezando a caer bajo su control.

Todos, es decir, excepto uno. A la distancia vi a Sofío. Sus ojos no estaban en Lúcifer. Estaba mirando al cielo. Pude oír su declaración, subiendo en volumen con cada frase.

«¡NI LA MUERTE, NI LA VIDA, NI ÁNGELES, NI DEMONIOS,

NI LO PRESENTE, NI LO FUTURO,

NI NINGÚN PODER, SEA ALTO O PROFUNDO,

NINGUNA OTRA
COSA
EN TODA
LA CREACIÓN
PODRÁ SEPARARNOS
DEL AMOR DE
DIOS!»

Max Lucado

~

La oración de Sofío fue un faro en el cielo. Con mis ojos seguí el rayo de Luz. A su extremo pude ver a mi Padre de pie. Un vistazo a su gloria y mi confusión se aclaró. Me erguí al instante y puse mi escudo en posición. Lúcifer, por primera vez, vio a Sofío orando. Su sonrisa se desvaneció, luego la obligó a retornar.

Habló más rápido, pero la verdadera ronquera de su voz volvía. «El Padre nos espera, Gabriel. Rompamos el frasco en celebración de la victoria del Padre. Volvamos con gozo. Tu misión ha sido completada. Serás recompensado con un trono como el mío. Serás como Dios».

Si Satanás hubiera tenido alguna oportunidad, acababa de perderla. «¡Mentiroso!» le

desafié. «Ya he oído antes esas palabras. He oído esa promesa. Es mentira, y tú eres el padre de mentiras. Apestas, buitre. ¡Vete al infierno!»

Aunque sabía que mi espada no detendría a Lúcifer, aun así saqué mi arma. «Dios Todopoderoso, ¡sálvanos!», oré. Él lo hizo. Mi espada proyectó una Luz mucho mayor que nunca antes, una Luz tan brillante que Lúcifer se cubrió los ojos y soltó un diluvio de maldiciones.

Me volví a mis ángeles; ellos estaban de nuevo alerta y firmes, el hechizo se había roto y su valentía estaba restaurada. Alzaron sus espadas en desafío. La Luz que se incrementaba iluminó al diablo, revelando lo que había visto en el salón del trono, solo que

ahora su capucha estaba caída. La cara calavérica violaba el cielo.

Dirigí mi Luz al corazón del diablo. Al hacerlo Aego hizo lo mismo del otro lado. Satanás gritó, retorciéndose de dolor conforme nuestras Luces se fundieron en calor purificador. Desde dentro de él salieron al escape los ogros de mil miserias: soledad, ira, miedo.

En un intento final y desesperado Lúcifer se retorció hacia mí y quiso arrebatarme el frasco celestial. No tuvo ni la menor oportunidad. La espada de Paragón blandió desde el cielo, cercenándole del brazo la mano a Satanás, enviándola dando volteretas en la noche. Una oleada de hedor nos obligó a alzar nuestros

escudos delante de nuestros rostros. Satanás lanzó hacia atrás la cabeza, con una expresión contorsionada por el dolor. La voz que sólo momentos antes nos había encantado, ahora chiflaba.

«¡Volveré!», juró Lúcifer. «Volveré». Sofío meneó su cabeza disgustado.

«DISFRAZADO COMO ÁNGEL DE LUZ» ... dijo quedamente.

Tan rápido como había aparecido, Satanás desapareció. Nosotros irrumpimos en alabanza.

«¡Santo, Santo, Santo es el Señor Dios Todopoderoso!»

«¡Rey de reyes y Señor de señores!»

Al recibir el Padre nuestra alabanza me susurró. Le oí como si estuviera a mi lado: —«Adelante, Gabriel; vé a decírselo a María».

En una oleada de adoración volé, esta vez solo. Circulé a través de las nubes y sobre el suelo. Abajo estaba la ciudad donde María había nacido. El Padre tenía razón: la conocí al instante. Su corazón no tenía sombra. Su alma era más pura que cualquiera que hubiese visto.

Hice mi descenso final. «María». Mantuve mi voz baja para no asustarla.

Ella se volvió pero no vio nada. Entonces me di cuenta de que era invisible para ella. Agité mis alas delante de mi cuerpo y me

encarné. Ella se cubrió la cara ante la Luz y se encogió bajo la protección de la entrada.

«No temas», le insté.

Al momento en que hablé, ella miró hacia el cielo. De nuevo me asombré.

Alabé al Padre por su sabiduría. El corazón de ella era tan inmaculado, tan dispuesto. «Saludos. Dios sea contigo».

Sus ojos se abrieron más, y ella se volvió como para huir. «María, no tienes nada que temer. Has sido favorecida ante Dios. Quedarás encinta y darás a luz a un hijo, y llamarás su nombre Jesús. Él será maravilloso. Será llamado Hijo del Altísimo. El Señor Dios le dará el trono de su padre David; y él reinará para siempre en la casa de

Jacob; eternamente, para siempre, será su reino».

Aunque estaba escuchando se quedó perpleja.

«Pero, ¿cómo? Nunca he dormido con un hombre».

Antes de hablar miré al cielo. El Padre estaba de pie, dándome su bendición.

Continué: «El Espíritu Santo vendrá sobre ti, el poder del Altísimo te cubrirá; por consiguiente, el niño que darás a luz será llamado Santo, Hijo de Dios. Nada, como ves, es imposible para Dios».

María se quedó mirándome, luego miró al cielo. Por largo rato miró el azul, tanto que yo, también, miré hacia arriba. ¿Vio ella los

ángeles? ¿Se le abrieron los cielos? No lo sé. Pero sí sé que cuando volví a mirarla, ella estaba sonriendo.

«Sí, ya lo veo todo ahora: Soy la sierva del Señor, lista para servir. Que se haga conmigo tal como dices».

Mientras ella hablaba una Luz apareció en su vientre. Eché un vistazo al frasco. Estaba vacío.

José condujo al burro a un lado del camino y se limpió la frente con la mano. «Busquemos un lugar para pasar la noche. Oscurecerá antes de que lleguemos a Belén».

María no respondió. José dio una vuelta alrededor del animal y miró la cara de su esposa. ¡Ella dormía! Con la quijada sobre su pecho, y las manos sobre su estómago. ¿Cómo

podía ella dormirse montada sobre el lomo de un burro?

De repente su cabeza se irguió y sus ojos se abrieron. «¿Llegamos ya?»

«No». El joven esposo sonrió. «Todavía tenemos varias horas de camino. Veo un mesón allá adelante. ¿Debemos detenernos por la noche?»

«Ah, José, me parece que debemos seguir hasta Belén». Entonces hizo una pausa. «Tal vez podamos detenernos para descansar».

Él lanzó un suspiro, sonrió, le apretó la mano, y volvió a su lugar, dirigiendo al burro hacia el cobertizo junto al camino. «Está repleto», dijo José mientras ayudaba a María a bajarse del burro. Le llevó varios minutos a

José hallar una banca en que pudieran sentarse.

«Volveré en un momento con algo para comer».

José se abrió paso entre la muchedumbre. Se volvió justo para ver que una mujer se sentaba en el espacio vacío junto a María. María empezó a protestar, pero luego sonrió, miró por entre la multitud a José, y se encogió de hombros.

Ni un solo hueso de descortesía en ella, pensó él.

De todos los extraños eventos que habían tenido lugar en los últimos meses, él estaba seguro de una cosa: el corazón de su esposa. Nunca había conocido a alguien como ella. ¿Su cuento de que un ángel se le apareció a media tarde?

¿Podría haber sido algún mozalbete jugándole una broma? ¿Acaso un recuerdo de algún ángel que se le apareció en sueños? Podría haber sido de Dios... a lo mejor fue que bebió demasiado vino. ¿Su cuento de que su tío se quedó mudo hasta que nació su primo? A lo mejor él padecía de laringitis.

¿Pero su cuento de que era virgen y estaba encinta? María no miente. Es pura como un ángel. Así que si María dice que es virgen, lo es. Si dice que el nene es el Hijo de Dios, esperemos que saque la nariz de los parientes del Padre.

María, de cara redonda y bajita, no era ninguna preciosidad. Un poco gruesa de carnes incluso antes de quedar encinta. Pero sus

ojos siempre relucían, y su corazón era más grande que el Mediterráneo. Tenía siempre una sonrisa y el semblante de una persona a punto de decir un buen chiste. Eso era lo que hacía a María ser María. José sacudió su cabeza se empujó sobre sus pies para que el esposo de la mujer que había tomado el lugar de José pudiera sentarse.

El hombre empezó a protestar, pero ella le hizo señas para que se tranquilizara. «Tengo que pararme por unos minutos», le dijo a José mientras se dirigía hacia él. O mejor dicho, como que vadeaba en dirección a él. Ambos habían esperado que el nene nacería en Nazaret: por lo menos tenían familia allí. No conocían a nadie en Belén.

José la tomó del brazo, y los dos se reclinaron contra una pared. «¿Estás segura de que quieres seguir?»

Ella asintió, y después de unos cuantos "por favor" los dos se abrieron paso hasta la puerta.

«¿Un poco más de agua?», preguntó María.

«Por supuesto. Espera afuera».

María se apoyó contra un árbol mientras José hacía fila frente al pozo. Ella sonrió por la facilidad con que él entabló conversación con el hombre que estaba delante en la fila. Cuando él volvió con el agua, el hombre lo acompañaba.

«María, te presento a Simón. Él también va a Belén y nos ha ofrecido un lugar en su carreta de bueyes».

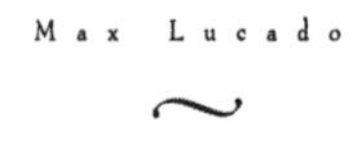

«Muy amable de su parte».

Simón sonrió. «Me encanta la compañía. Simplemente ata tu burro atrás».

«Disculpen. Les oí decir Belén. ¿Tendría lugar para uno más?» La petición venía de un anciano de larga barba plateada y toda la apariencia de un rabino. Simón rápidamente asintió.

Después de ayudar a María a subirse a la carreta, José se volvió para ayudar al rabino. «¿Cómo te llamas?»

«Gabriel», contesté, y me senté frente a María.

Aego revoloteaba frente a la carreta y Paragón detrás. Ambos estaban alerta, con sus alas desplegadas y la espada en la mano. Hasta que nos detuvimos en el mesón yo había volado con ellos. Pero algo me parecía sospechoso en la carreta, así que tomé la forma de una persona. Rápidamente lamenté no haber escogido la apariencia de

algún joven mercader (la barba picaba horriblemente).

Mi batallón no necesitaba que se lo recordara, pero de todas maneras lo hice:

«EL INFIERNO NO QUIERE
QUE EMANUEL NAZCA.
ESTÉN ALERTA».

Ángeles invisibles, una docena por fila, rodeaban a la carreta. Me sonreí solo. Simón podía haber conducido con los ojos vendados. No había manera que esta carreta no llegara a su destino.

El camino atiborrado retardaba nuestro avance. No viajábamos más rápido que los que iban a pie, pero por lo menos María podía

descansar. Ella cerró los ojos y apoyó la cabeza contra el costado de la carreta. Yo podía ver el brillo en su vientre. Relucía como fuego sanador. Le adoré, incluso antes de haber nacido. Mi corazón celebró con cantos silenciosos de alabanza que Él podía oír. Sonreí cuando María sintió que Él se movía. A mi alrededor mi ejército oyó el canto y se unió a la alabanza.

Como una hora más tarde lo percibí. El maligno. Mi cuerpo se puso tenso. La sensación de maldad estaba en el camino, agazapado entre los viajeros. Alerté a los ángeles. Sofío entró a la carreta y me dijo al oído: «Anda como león, buscando a alguien para devorar». Asentí, y examiné las caras de los que caminaban junto a la carreta.

Un joven se acercó a la carreta. Le preguntó a María: «Te ves cansada. ¿Querrías un poco de agua?» María dijo: «Gracias» y estiró la mano para recibir el odre que le ofrecían. Me puse de pie de un salto, a propósito empujando el brazo del demonio. El odre de agua cayó al suelo mientras María y José me oían pedir disculpas. Sólo el joven me oyó desafiarlo:

«BESTIA DEL INFIERNO, NO VAS A TOCAR A ESTA

HIJA DE DIOS».

El demonio salió del cuerpo del hombre y sacó su espada. «No tienes la menor oportunidad esta vez, Gabriel», exclamó y de repente docenas de demonios aparecieron por todos lados y se abalanzaron sobre María.

«José», dijo ella, con su cara retorciéndose de dolor mientras se sostenía el vientre, «algo anda mal. Es... es como si algo me estuviera golpeando la barriga. Me duele muchísimo».

Instantáneamente volví a mi forma angélica y la envolví como formando un escudo. Las espadas de los demonios me perforaban. Sentí sus tajos, pero ella estaba a salvo. Justo en ese instante apareció Paragón con siete ángeles, haciendo tajos en las espaldas de los demonios.

Los demonios se distrajeron, pero mantuvieron su determinación.

La carreta empezó a temblar. Los viajeros empezaron a asustarse. Oí un grito. Alcé la vista justo a tiempo para ver que Simón se agarraba la garganta. Su cara estaba roja, y sus ojos se le brotaban. Alrededor de su cuello pude ver los huesudos dedos de un duende. Otro demonio había embrujado al buey, haciéndo que diera brincos espasmódicos hacia el lado del camino.

Alguien gritó: «¡PAREN LA CARRETA. HAY UN PRECIPICIO AL FRENTE!»

Un hombre valiente intentó empuñar las riendas, pero no pudo moverse. Después le

dijo a la gente que se quedó paralizada por el miedo. Yo sabía mejor. Un demonio lo había aplastado contra el camino.

Simón boqueaba y se desplomó sobre el asiento. Yo sabía que estaba muerto. El animal poseído se dirigió enloquecido hacia el precipicio. Miré a María. José tenía su brazo alrededor de los hombros de ella; ella tenía su mano sobre su barriga redonda. Sabía que en cuestión de segundos caeríamos por el borde del precipicio hacia el valle que se extendía más abajo. El arriero estaba muerto, la carreta fuera de control. Me volví y oré al Único que podía ayudarnos.

Desde el vientre Él habló. Sus padres no lo oyeron. La palabra no era para los oídos de

María ni los de José. Sólo los ejércitos celestiales y del infierno pudieron oír la palabra. Y cuando la oyeron, todos se detuvieron.

«¡VIDA!»

La orden inundó la carreta tan totalmente como había inundado al Edén. Los demonios empezaron a escabullirse como ratas.

Vino la orden por segunda vez. Simón tosió conforme el aire llenaba sus pulmones. «¡Las riendas!», grité. Simón boqueó, empuñó las riendas, y se enderezó. Por entre sus lágrimas vio el borde del camino e instintivamente dio un tirón hasta que el animal se detuvo. Estábamos a salvo.

Pero incluso con los demonios idos, no corrí ningún riesgo. Mi orden a Sofío fue urgente. «La hallaron en el camino; la hallarán en su cuarto en el mesón. Haz lo que haya que hacer». Sofío saludó y se remontó por los aires, adelantándose para ir al mesón de Belén.

María siguió envuelta en mi Luz. José la observaba alarmado, ella descansaba a mi cuidado. «Ya estoy mejor», dijo. «¿Qué le pasó al rabino?»

«Tienes por lo menos un cuarto ¿verdad?», suplicó José.

«Para serte sincero, lo tenía. Pero apenas hace unos momentos llegó una numerosa delegación y tomaron hasta la última cama. No tengo ningún lugar para ti o tu esposa».

José trataba de tener paciencia, pero su quijada se apretaba. Se inclinó hasta que su

cara quedó apenas a centímetros de la del mesonero. «¿Ves a esa señora en la carreta?», le preguntó entre dientes. «Es mi esposa. Puede dar a luz en cualquier momento. Casi dio a luz esta tarde en una carreta. Ya está con dolores. ¿Quieres que el nene nazca aquí en tu entrada?»

«No, por supuesto que no, pero no puedo hacer nada. Por favor, entiende. No tengo más cuartos».

«Ya te oí, pero es medianoche y hace frío. ¿No tienes algún lugar donde podamos abrigarnos?» El hombre lanzó un suspiro, miró a María y luego a José. Entró a la casa y volvió con una lámpara. «Detrás del mesón hay un sendero que te llevará a una colina. Síguelo

hasta que encuentres un establo. Está limpio, por lo menos tan limpio como los establos pueden estarlo. Encogiéndose de hombros añadió: «Allí, estarán calentitos».

José no podía creer lo que estaba oyendo.

«¿ESPERAS QUE NOS QUEDEMOS EN UN ESTABLO?»

«José». Era María la que hablaba. Había oído cada palabra. Él se volvió; ella sonreía. Él supo al instante exactamente lo que la sonrisa quería decir. Basta de discutir.

Su suspiro le hizo hinchar las mejillas. «Está bien». José consintió y empuñó la lámpara.

«Extraño», murmuró el empleado entre dientes, mientras la pareja se alejaba. Volviéndose a su esposa le preguntó: «¿Quién fue el hombre que tomó todos los cuartos?»

Abriendo el registro la mujer leyó el nombre en voz alta. «Nombre diferente. Sofío. Debe ser griego».

Nosotros éramos una corona de Luz alrededor del establo, como collar de diamantes alrededor de una estructura. Se había llamado a todo ángel de su puesto para la venida, incluso a Miguel. Nadie dudaba de que Dios cumpliría su promesa, pero ninguno sabía cómo.

«¡Ya calenté el agua!»

«No hay por qué gritar, José. Te oigo bien».

María habría oído aunque José hubiera susurrado. El establo era incluso más pequeño de lo que José se había imaginado, pero el mesonero tenía razón; estaba limpio. Empecé a alejar a las ovejas y a la vaca, pero Miguel me detuvo.

«EL PADRE QUIERE QUE TODA LA CREACIÓN PRESENCIE EL MOMENTO».

María lanzó un grito y agarró el brazo de José con una mano y un comedero con la otra.

El empuje de su abdomen le hizo levantar la espalda, y se inclinó hacia delante.

«¿Llegó el momento?», preguntó José.

Ella, le lanzó una mirada, y él tuvo su respuesta.

En pocos momentos el Esperado había nacido. Tuve el privilegio de estar en una posición muy cercana a la pareja, solamente un paso detrás de Miguel. Ambos nos quedamos contemplando la carita arrugada del infante. José había puesto paja en un comedero, dándole a Jesús su primera cama.

Todo lo de Dios estaba en el infante. Luz rodeaba su cara e irradiaba de sus manitas. La misma gloria que yo había presenciado en el salón de su trono ahora irradiaba por su piel.

Sentí que debía cantar pero no sabía qué. No teníamos canción. No teníamos estrofa. Nunca habíamos visto a Dios en un bebé. Cuando Dios había hecho una estrella nuestras palabras brotaron en estruendo. Cuando liberó a sus siervos, nuestras lenguas habían volado en alabanza. Ante su trono nuestros cantos jamás terminaban. Pero ¿qué le canta uno a Dios en un comedero?

En ese momento sucedió algo maravilloso. Mientras mirábamos al bebé Jesús, la oscuridad cedió. No la oscuridad de la noche, sino la oscuridad del misterio. La iluminación del cielo rodeó las legiones.

Nuestras mentes se llenaron de Verdad que nunca antes habíamos conocido. Nos

percatamos por primera vez del plan del Padre para rescatar a los que llevan Su nombre. Nos reveló todo lo que vendría. A la vez asombrado y perplejo, el ojo de todo ángel se dirigió a una parte del niño: las manos que serían perforadas. «Con el martillar de los clavos», Dios nos dijo, «y ustedes no lo salvarán. Contemplarán, oirán, anhelarán, pero no lo rescatarán».

Paragón y Aego se volvieron a mí, rogando por una explicación. Yo no tenía ninguna. *Existo para servir a mi Rey y ¿debo presenciar que lo torturen?* Miré a Miguel; su cara estaba dura como piedra por el tormento. Reconocí la mirada, porque yo sentía lo mismo. No podíamos ni imaginar la orden.

«¿CÓMO VAMOS A QUEDARNOS SENTADOS EN SILENCIO MIENTRAS SUFRES?»,

preguntamos al unísono.

No hubo respuesta.

Sofío susurraba. Me acerqué para oír sus palabras:

«Se nos ha dado un Hijo; Dios nos ha dado un Hijo. Él será el responsable por guiar a su pueblo. Se llamará su nombre:

MARAVILLOSO
CONSEJERO,
DIOS PODEROSO,
PADRE QUE VIVE PARA SIEMPRE,
PRÍNCIPE DE PAZ.

Será traspasado por el mal que ellos hicieron, destrozado por el mal que ellos hicieron. El castigo que les sanará será aplicado a Él. Ellos serán sanados debido a Sus heridas».

De nuevo oí las palabras que había oído primero en el salón del trono. Sólo que esta vez comprendí.

Así que este es. Emanuel. Así que este es el regalo de Dios. Un Salvador: Él salvará a su pueblo de sus pecados. «Digno es el Cordero» susurré al arrodillarme ante mi Dios. Mi corazón estaba lleno. Me volví a María que arrullaba a su bebé y hablé. No importaba que ella no pudiera oírme. Las estrellas sí me oían. Toda la naturaleza podía oírme. Y sobre todo, mi Rey podía oírme.

«¿Sabes a quién tienes en brazos, María? Tienes en brazos al Autor de la gracia. Él que es eterno ahora tiene momentos de edad. Él ilimitado ahora está mamando de tu pecho. Él que monta sobre las estrellas ahora tiene sus piernas demasiado débiles como para andar; las manos que sostienen los océanos ahora son

los puñitos de un infante. A Aquel que jamás ha hecho una pregunta le enseñarás el nombre del viento. La Fuente del Lenguaje aprenderá palabras de ti. Él que nunca ha tropezado, tú lo cargarás. Él que nunca ha sentido hambre, tú alimentarás. El Rey de la creación está en tus brazos».

«¿Qué clase de amor es este?», susurró Miguel, y de nuevo quedamos cubiertos de silencio. Un manto de asombro. Finalmente Miguel abrió de nuevo su boca, esta vez para cantar. Empezó tranquilamente pausando entre palabras.

«GLORIA,

GLORIA,

GLORIA A DIOS EN
LAS ALTURAS».

Uno por uno nos unimos a él en:

«GLORIA,
GLORIA,
GLORIA A DIOS EN
LAS ALTURAS».

Gradualmente el coro aumentó en volumen y ritmo: "Gloria, gloria a Dios en las alturas». «Gloria, gloria a Dios en las alturas».

Nuestra alabanza se elevó a los ámbitos del universo. En la galaxia más distante el polvo de la estrella más vieja danzó con nuestra alabanza. En las profundidades del océano el agua ondulaba en adoración. El microbio más diminuto giró, la constelación más poderosa dio vueltas, toda la naturaleza se unió a nosotros mientras adorábamos a

EMANUEL,
EL DIOS QUE
SE HABÍA
HECHO CARNE.

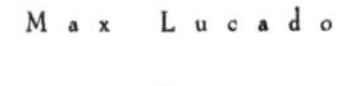

EPÍLOGO

La Navidad está llena de pensamientos acogedores: un Jesús que duerme, pastores con los ojos muy abiertos, una María de cara sonrosada. El sentimiento de la Navidad es cálido, la emoción es alegría; y lo que se siente es paz. Tal es el cuadro de los Evangelios de Mateo y Lucas. En el libro de Apocalipsis de Juan, sin embargo, nos ofrece otra

perspectiva. Desde su perspectiva el nacimiento de Jesús incita más emoción; incita más maldad.

Abriendo la cortina de los cielos él revela una sangrienta guerra en los cielos. Juan ve a una mujer, lista para dar a luz. Ve a un dragón, listo para dar muerte. La mujer es hermosa y el dragón horrible. El dragón se avalanza sobre el recién nacido, pero es demasiado tarde. Al Niño y a su madre se les otorga seguridad y «Se desató entonces una guerra en el cielo: Miguel y sus ángeles combatieron al dragón; el este y sus ángeles, a su vez, les hicieron frente» (Apocalipsis 12.7, NVI).

«Una guerra en el cielo», me pregunté sobre esa guerra, cuándo sucedió, quiénes intervinieron,

qué significaba. *La historia de un ángel* es el resultado de ese preguntarme.

Algunos colegas han avivado mi imaginación. Eugene Peterson me hizo ensancharme mediante su estudio del libro de Apocalipsis *Revered Thunder*. Hace tiempo leí un artículo de Philip Yancey que amplió mi pensamiento ("Cosmic Combat", *Christianity Today*, 12 de diciembre de 1994). Estoy en deuda con la pluma creativa de David Lambert por su historia: "Earthward, Earthward, Messenger Bright". Este artículo, que apareció en la publicación de diciembre de 1982 de *Moody Moonthly* ofreció un enfoque fresco y creativo de la historia de la Navidad. Ese método provocó a este escritor y le llevó finalmente al desarrollo de *La historia de un ángel*.

Aprecio igualmente a Steve Green, Karen Hill, Liz Heaney, y al maravilloso equipo de Word Publishing Group por su increíble respaldo.

Partes de *La historia de un ángel* son ficción; fruto de mi imaginación. Otras partes de la historia, sin embargo, son ciertas. El que a usted le guste la ficción o no, es insignificante. Pero el que usted vea la verdad o no, sí es esencial.

La Biblia, por ejemplo, no dice nada de un frasco que contenga la esencia de Cristo, ni de un archidemonio llamado Flumar, un ángel llamado Sofío, o varios de los otros personajes y eventos que usted acaba de leer. La Biblia, sin embargo, es muy clara que

«NUESTRA LUCHA NO ES CONTRA
SERES HUMANOS,
SINO CONTRA PODERES,
CONTRA AUTORIDADES,
CONTRA POTESTADES
QUE DOMINAN ESTE MUNDO
DE TINIEBLAS,
CONTRA FUERZAS
ESPIRITUALES MALIGNAS
EN LAS REGIONES CELESTIALES»

(EFESIOS 6.12, NVI).

La Biblia no se refiere a ángeles atrapados en redes o a Satanás engatusando a Gabriel. La Biblia es clara, no obstante, respecto a que Satanás es real y su propósito en la vida es ser «semejante al Altísimo». (Isaías 14.14).

La creación divina está dividida en dos campos: los que siguen a Dios y los que siguen a Satanás. Satanás es el poder que energiza a los no salvos (Efesios 2.2), y Dios es el poder que energiza a los salvos (Filipenses 2.13). Los salvos deben vivir percatándose de Satanás, pero no temiéndole. El diablo anda rugiendo como león buscando a quien devorar (1 Pedro 5.8). Pero el creyente no tiene que vivir en horror, «porque el que está en ustedes es más poderoso que el que está en el

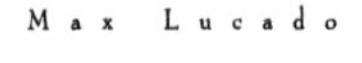

mundo» (1 Juan 4.4). Debemos ponernos la armadura de Dios para luchar contra «las artimañas del diablo» (Efesios 6.11, NVI), y recordar que Satanás se disfraza como «ángel de luz» (2 Corintios 11.14).

Nuestras armas contra Satanás son las mismas que usaron Gabriel y el ejército de ángeles: la oración, la alabanza, la verdad y la confianza. No debemos apoyarnos en nuestra propia fortaleza, sino en la de Dios. «Manténganse firmes, ceñidos con el cinturón de la verdad, protegidos por la coraza de justicia, y calzados con la disposición de proclamar el evangelio de la paz. Además de todo esto, tomen el escudo de la fe, con el cual pueden apagar todas las flechas encendidas del maligno.

Tomen el casco de la salvación y la espada del Espíritu, que es la palabra de Dios.

Oren en el Espíritu en todo momento,...» (Efesios 6.14-18).

Finalmente, la Biblia no cuenta ninguna historia de un encuentro en el salón del trono en donde a Satanás se le ofrezca una segunda oportunidad. Pero la Biblia sí muestra en su contenido página tras página que Dios da gracia a los bribones y renegados del mundo. Él parece estar más dispuesto a dar gracia que lo que estamos nosotros a buscarla. Tal amor divino me deja preguntándome una cosa más: Si la serpiente antigua misma buscara misericordia, ¿no la hallaría, también, la que millones han hallado, al pie de la cruz de Cristo?

La descripción de Juan de la «guerra en los cielos» no responde todas nuestras preguntas, pero sí responde la más importante. Nos dice quién ganó. Dios ganó. También nos dice quién importa. Usted importa. Imagínese: si Dios lucha tal batalla para salvarlo a usted... Él debe realmente pensar que usted vale ese esfuerzo. Aunque tal vez nos preguntemos sobre la guerra que sucedió, no hay necesidad de preguntarnos sobre Su amor... En realidad Él se interesa por Sus hijos.

¡FELIZ NAVIDAD!

¡FELIZ NAVIDAD!

New York Times Best-Selling Author
Max Lucado
An
Angel's
Story
formerly Cosmic Christmas

www.ingramcontent.com/pod-product-compliance
Ingram Content Group UK Ltd.
Pitfield, Milton Keynes, MK11 3LW, UK
UKHW031128120325
456135UK00006B/32